J.-K. Huysmans et le satanisme

Joanny Bricaud

Édition et mise en page : Culturea (Hérault, 34)
Retrouvez notre catalogue sur http://culturea.fr/
Contact : infos@culturea.fr
Imprimé en Allemagne par Books on Demand Gmbh
Design typographique et layout : Derek Murphy et Reedsy
ISBN : 9791041993574
Date de parution : Mars 2024

J.-K. HUYSMANS ET LE SATANISME

Parler de Satanisme au xxe siècle voilà qui doit sembler un anachronisme. C'est, la plupart du temps, bénévolement s'exposer à des sourires d'ironie, de scepticisme et de dédain.

Ceux-là même qui croient qu'à des époques déjà anciennes, le Prince du Mal put épouvanter les âmes simples, se persuadent volontiers qu'il n'oserait s'aventurer en ce siècle de lumières et de progrès. Sorcelleries et sabbats, pactes, possessions et envoûtements, incubes et succubes, toutes choses qui firent trembler les âges de foi, sont bel et bien finies. Satan est relégué dans les brumes du passé. Tout au plus, le tolère-t-on encore dans *Faust*, sous le rouge pourpoint de Méphistophélès !

Erreur, profonde erreur !

Le Satanisme fut même fort à la mode il y a quelques années.

Il ne se passait guère de mois, que la presse ne nous entretînt d'envoûtements, de messes noires, célébrées par des scélérats, mystiques à rebours, maniaques du sacrilège, perpétrant secrètement les rites immondes du Satanisme.

D'irréfutables documents attestent, en effet, de nos jours, l'existence du Satanisme. Les messes noires, les envoûtements, qui furent les scandales des siècles passés, sont pratiqués aujourd'hui encore.

Tout comme Dieu, Satan a ses fidèles dévots, qui lui rendent un culte, en de ténébreux sanctuaires.

Un des mieux renseignés sur ces effroyables rites, aussi bien pour le passé que pour le présent, était sans contredit J.-K. Huysmans, l'auteur de *Là-Bas*.

Quand, en 1890, il publia ce livre, qui fit un bruit énorme dans les lettres, et avec lequel il atteignit la grande renommée, l'horreur de la banalité, du «déjà vu», qui l'avait conduit jusqu'à l'extase devant l'artificiel—dans *A Rebours*—en lui faisant, par exemple, admirer la forme d'une orchidée parce que cette fleur a l'air de fumer sa pipe, devait l'entraîner jusqu'au très rare, au très étrange, au monstrueux—dans *Là-Bas*—en lui faisant décrire les sacrilèges obscénités de la messe noire et du Satanisme contemporain.

Huysmans avait l'obsession du document. Les grimoires, les in-folios, les pièces authentiques des procès de sorcellerie, conservés dans les archives des bibliothèques, lui fournirent, sur la Magie au moyen âge, des documents précis, d'où sortirent de remarquables pages.

Pour la Magie moderne, il se documenta dans les milieux occultistes et spirites.

Il assista, d'abord en sceptique, aux séances spirites ; mais son scepticisme dut s'évanouir devant l'évidence d'incontestables faits de matérialisations, d'apports, et de lévitation d'objets.

Il connaissait, au Ministère de la Guerre, un chef de bureau, M. François, qui était un extraordinaire médium. Très souvent, réunissant quelques amis dans son appartement de la rue de Sèvres, Huysmans tentait, avec l'aide de M. François, des évocations.

Un de ses familiers, M. Gustave Boucher, a raconté dans une

petite brochure, non mise dans le commerce, les troublantes péripéties d'une séance de spiritisme au cours de laquelle les assistants crurent être témoins de la «matérialisation» du Général Boulanger [Gustave Boucher : *Une séance de Spiritisme chez J.-K. Huysmans*. Niort, 1908. Une plaquette in-32 carré, tirée à 200 exemplaires numérotés, non mis dans le commerce.].

De toutes ces expériences, il lui resta l'impression d'une intelligence étrangère et d'une volonté externe, se manifestant aux évocateurs ; mieux, il acquit la conviction qu'il y avait, malgré la diversité des pratiques, des points communs entre le Satanisme et les évocations du spiritisme. Enfin, un astrologue parisien, Eugène Ledos—le Gevingey de *Là-Bas*—et un ancien prêtre habitant Lyon, l'abbé Boullan, achevèrent de le documenter—faussement parfois, nous le verrons—sur le Satanisme moderne.

Le Matin a publié, quelque temps après la mort de Huysmans, la lettre dans laquelle l'écrivain demandait à l'abbé Boullan des renseignements. Par retour du courrier ce dernier lui répondit que son concours lui était assuré.

La correspondance entre Huysmans et l'abbé Boullan est volumineuse ; elle date du 6 février 1890 au 4 janvier 1893, date de la mort mystérieuse de ce dernier. Mais n'anticipons pas.

Là-Bas parut en 1890. C'était une défense en règle du surnaturel, basée sur deux ordres de faits :

1° Une série de faits purement historiques, se rapportant à l'histoire de Gilles de Rais et à la sorcellerie du moyen âge ;

2° Une série de faits relatifs au Satanisme moderne.

Les Spirites, les Occultistes, les Rose-Croix satanisent plus ou moins, affirmait Huysmans : «A force d'évoquer des larves, les occultistes qui ne peuvent, bien entendu, attirer les Anges, finissent par amener les Esprits du Mal ; et, qu'ils le veuillent ou non, sans même le savoir, ils se meuvent dans le diabolisme [Cf. *Là-Bas*, page 427.].» En tout cas, ajoutait-il, si le Diable n'y est pas toujours, il en est bien près !

La Messe de Satan, la Messe Noire se célèbre de nos jours, disait-il encore, et il en faisait une truculente description. Un chanoine, Docre, la célébrait. Dans son ardeur sacrilège, ce monstrueux sacerdote s'était fait tatouer, sous la plante des pieds, l'image de la croix, de façon à toujours marcher sur le Sauveur ! Il entretenait, dans des cages, des souris blanches, nourries d'hosties consacrées et de poisons dosés avec science, dont le sang servait aux pratiques de l'envoûtement. L'incubat et le succubat étaient fréquents dans les cloîtres. L'armée de Satan se recrutait surtout dans le sacerdoce ; «Il n'y a pas, sans prêtre sacrilège, de Satanisme mûr», disait Huysmans. Le chanoine Docre était disait-on, un prêtre des environs de Gand.

La vérité est que si Huysmans assista à la messe noire, le récit qu'il en a fait n'est nullement une relation de choses vues. Certains détails sont empruntés à des documents anciens tirés des Archives de Vintras.

Mais la messe noire se disait. Malheureusement pour les curieux, cette messe maudite avait pour temples des locaux hermétiquement fermés, et, pour fidèles, des gens liés par un secret absolument inviolable. Quant au chanoine Docre, il était fait avec diverses personnalités et notamment deux ecclésiastiques que Huysmans avait beaucoup connus. L'un fut, ainsi qu'il l'a écrit dans *Là-Bas*, chapelain d'une reine en exil ; il s'est pendu il y a quelques années. L'autre, qui habitait en Belgique, à Bruges, était un prêtre encore exerçant, dans ce bijou gothique qu'est la chapelle du Saint-Sang, où l'on montre aux fidèles, tous les vendredis, le sang de Jésus-Christ qui aurait été rapporté des Croisades par un comte de Flandre.

Tout en gardant la physionomie très exacte du chapelain qui se suicida, il assembla en un seul et même personnage les détails absolument certains qu'il possédait sur l'un et l'autre de ces deux prêtres. Il y ajouta plusieurs traits relatés dans des rapports déjà classés, comme la fameuse affaire de la voyante diabolique, Cantianille [Mme Cantianille B....., du diocèse de Sens, morte il y a quelques années seulement, fut, dès l'âge de deux ans, pourrie de larves. La maladie psychique atteignit son paroxysme à quinze ans, où elle fut placée dans un couvent de Mont-Saint-Sulpice, et violée par un jeune prêtre, qui la voua au diable.], où il prit le détail de la croix tatouée sous la plante des pieds pour la mieux fouler.

Renvoyée du couvent, elle fut exorcisée par un certain abbé Thorey, d'Auxerre, dont la cervelle ne paraît pas avoir bien résisté à ces pratiques. Ce fut bientôt, à Auxerre, de telles scènes scandaleuses, que Cantianille fut chassée du pays et l'abbé Thorey frappé disciplinairement par son évêque.

Le malheureux prêtre écrivit deux volumes sur sa pénitente, et l'affaire alla à Rome. Quant à Cantianille, elle garda jusqu'à la fin de sa vie le funèbre don de propager sa maladie psychique.

En opposition au chanoine Docre, Huysmans révélait un certain docteur Johannès, qui n'était autre que l'abbé Boullan.

A la question : Quel est ce docteur ? Huysmans fait répondre par un des personnages de son livre : «C'est un très intelligent et très savant prêtre. Il a été supérieur de communauté et a dirigé, à Paris même, la seule revue qui ait jamais été mystique. Il fut aussi un théologien consulté, un maître reconnu de la jurisprudence divine ; puis il eut de navrants débats avec la Curie du Pape, à Rome, et avec le Cardinal Archevêque de Paris. Ses exorcismes, ses luttes contre les incubes qu'il allait combattre dans les couvents de femmes, le perdirent [Cf. *Là-Bas*, page 283.].»

Quel était donc en vérité cet abbé Boullan, à qui Huysmans s'était adressé pour la documentation de son livre, et qu'il affirmait «missionné par le Ciel pour briser les manigances infectieuses du

Satanisme, pour prêcher la venue du Christ glorieux et du divin Paraclet [*Là-Bas*, page 395.]» ?

Un procès en escroquerie, jugé en 1865 devant la Chambre des appels correctionnels de Paris, va nous faire connaître de curieux détails sur notre abbé et sur les étranges doctrines qu'il professait.

Prêtre du diocèse de Versailles, docteur en théologie, ancien supérieur d'une communauté de Strasbourg, auteur de plusieurs ouvrages canoniques, traducteur de la *Vie de la Sainte Vierge* de la célèbre visionnaire Catherine Emmerich, fondateur du *Rosier de Marie*—dont fut accusé, un jour, M. Naquet d'avoir été l'assidu collaborateur—l'abbé Boullan était un cerveau inquiet et assoiffé d'absolu. Jeune encore, il avait eut, en 1856, à s'occuper d'une religieuse de Saint-Thomas de Villeneuve, à Soissons, la soeur Adèle Chevalier. Cette religieuse racontait qu'abandonnée par tous les médecins, elle avait été guérie miraculeusement d'une cécité et d'une congestion pulmonaire, par l'intercession de Notre-Dame de la Salette. C'était au mois de janvier 1854 que le miracle s'était produit : elle était alors soeur postulante chez les religieuses de Saint-Thomas de Villeneuve.

La nouvelle s'en était rapidement répandue dans tout le diocèse et l'évêque de Soissons avait délégué son vicaire général pour procéder à une enquête. Les conclusions du rapport rédigé par cet ecclésiastique étaient nettes et précises : «Après avoir mûrement réfléchi sur les circonstances dans lesquelles Adèle Chevalier a obtenu le recouvrement de la vue et la guérison pulmonaire qui s'était présentée avec des caractères de gravité si alarmants, *je n'hésite pas à croire à une intervention surnaturelle* de la mère de Dieu.»

A partir de cette époque, la soeur Chevalier affirma qu'elle ne cessait d'être inspirée de la grâce divine, qu'elle était en communication avec la Vierge, dont elle recevait fréquemment des révélations par une voix mystérieuse.

En 1856, la supérieure de la Communauté des dames de Saint-Thomas l'envoya à Notre-Dame de la Salette, où l'appelaient, disait-elle, des voix surnaturelles.

Les Pères de la Salette examinèrent son état et en furent si frappés qu'ils demandèrent à l'évêque de Grenoble l'autorisation de la confier à la direction de l'abbé Boullan dont la science théologique et mystique leur était, disaient-ils, bien connue.

L'abbé Boullan eut foi, dès les premiers jours, dans l'état surnaturel de sa pénitente. Il conclut au miracle, et il fut décidé, qu'il se rendrait à Rome pour présenter ledit miracle à l'examen du Pape et du Sacré Collège.

Mais cette mission ne fut pas la seule qu'il alla accomplir à Rome.

Vers la même époque, il avait eu à s'occuper de la direction d'une demoiselle Marie Roche, qui lui avait été confiée par l'évêque de Rodez : elle aussi prétendait avoir une mission divine et recevoir du ciel des inspirations prophétiques. Des événements de la plus haute gravité lui avaient été annoncés qui devaient frapper d'étonnement toute l'Europe. Une partie de ces prophéties s'appliquait au Pape qui devait mourir de mort violente ; une autre à l'empereur des Français qui, s'il n'accomplissait pas les ordres que Marie Roche était chargée de lui révéler, devait périr de la main de ses officiers, pour faire place à Henri V. Cette Marie Roche fut conduite à Rome par l'abbé Boullan, présentée au Sacré Collège, admise même à expliquer sa mission devant le Pape.

De retour de Rome, après deux années, l'abbé Boullan retrouva Adèle Chevalier et reprit sa direction. Prétendant avoir reçu de la Vierge une révélation dans laquelle elle lui ordonnait de fonder une oeuvre religieuse qui s'appellerait : *Oeuvre de la réparation des âmes*, et en avoir écrit les règles sous une dictée divine, la soeur Chevalier s'occupait d'organiser cette oeuvre.

D'accord avec son directeur, elle l'installa à Bellevue, dans le département de Seine-et-Oise, avec l'approbation de plusieurs prélats hauts placés.

Bientôt, on signala dans l'intérieur de la communauté des pratiques bizarres. L'abbé Boullan y guérissait, par des procédés étranges, des maladies *diaboliques*, dont auraient été atteintes les religieuses : une des soeurs étant tourmentée par le Démon, l'abbé, pour l'exorciser, lui crachait dans la bouche ; à une autre, il faisait boire de son urine mélangée à celle de la soeur Chevalier ; à une troisième il ordonnait des cataplasmes de matière fécale.

De plus, des ecclésiastiques écrivaient à l'abbé Boullan et à la soeur Chevalier pour leur demander—moyennant finances—comment ils pourraient se concilier la faveur de la Sainte Vierge ; des femmes du monde, enfin, les consultaient sur des cas de conscience incroyables.

Il y eut bientôt, auprès de l'évêque de Versailles, des plaintes nombreuses. Une instruction fut ouverte contre l'abbé Boullan et la soeur Chevalier, accusés d'escroquerie et d'outrage public à la pudeur. Sur ce dernier chef, le Tribunal correctionnel de Versailles rendit une ordonnance de non-lieu, et les condamna seulement pour escroquerie à trois ans de prison.

Rendu à la liberté, l'abbé Boullan continua ses pratiques d'exorcisme. Mandé à l'archevêché de Paris, où on le sommait de s'expliquer sur le cas d'une épileptique qu'il disait avoir guérie à l'aide d'une relique de la robe sans couture du Christ conservée à Argenteuil, le cardinal Guibert, après avoir entendu ses explications sur les cures des sortilèges et les doctrines dont il était le propagateur, le frappa *d'interdit*. Il se rendit aussitôt au Vatican pour protester contre la mesure disciplinaire qui le frappait, mais il en fut chassé : le Vatican avait eu horreur de ce prêtre qui osait soutenir avoir reçu du ciel la mission de combattre l'enfer par la profanation de l'hostie et par l'ordure.

A la suite de ces aventures, notre abbé quitta l'Église. Il s'en vint à Lyon auprès du célèbre prophète et mystique : Eugène Vintras, dont il avait fait la connaissance à Bruxelles. Vintras a laissé une réputation discutée et troublante ; mais ceux qui l'ont connu peuvent témoigner de la sainteté de sa vie. Fils d'ouvrier, ouvrier lui-même, sans fortune, sans éducation, dépourvu de tout ce qui paraissait indispensablement nécessaire à l'accomplissement d'une grande oeuvre, l'Esprit révélateur le cultiva, le façonna, le pétrit pour ainsi dire, l'éleva à la hauteur de sa mission et le fit atteindre aux plus hauts sommets de la révélation et de la mystique.

Prophète, ceux qui le connurent subirent le charme de son verbe et de sa majesté impérative ; il exerçait une puissance de fascination extraordinaire. Mystique, il s'élevait de terre, devant témoins, lorsqu'il priait ; sa doctrine, il l'appuyait sur des miracles.

Sur son autel se produisaient des phénomènes étranges : quand il consacrait, les hosties sortaient du calice et restaient suspendues dans l'espace ; d'autres, gardaient des stigmates sanglants [Nous avons en notre possession des cahiers contenant la reproduction exacte des 250 premières hosties miraculeuses apparues avec des signes sanglants sur l'autel du prophète Vintras. Sur ces 250, 125 furent saisies en 1842 par l'évêque de Bayeux ; les autres, jusqu'à ces derniers temps, étaient conservées à Lyon dans une chapelle particulière, et n'étaient, malgré les années, ni détériorées ni corrompues.].

Boullan se rallia à la doctrine d'Eugène Vintras, et à la mort de ce dernier, survenue en 1875, se prétendit son successeur ; mais il ne fut pas reconnu par la majorité des Vintrasistes qui le considérèrent comme schismatique.

Comme Vintras, l'abbé Boullan avait le don de fascination et il ne tarda pas d'accomplir aussi d'incroyables prodiges. Il guérissait, au moyen de pierres précieuses, des enfants noués, et plusieurs femmes —dont une Parisienne des plus citées dans le monde artistique—

furent soulagées d'une maladie de matrice réputée incurable par les plus savants docteurs, par l'imposition sur les ovaires d'hosties consacrées. La manière dont il s'y prenait pour combattre les envoûtements et les maléfices a été révélée par Huysmans dans *Là-Bas*.

Ceux qui ont connu ce petit vieillard allègre, aux yeux de flamme, avec un front d'inspiré et une mâchoire puissante, entendent encore sa parole sybilline et voient encore son regard de feu, qui semblait fouiller dans les cerveaux.

Il vivait très retiré à Lyon, rue de la Martinière, chez un architecte, M. Misme, excellent vieillard préoccupé de retrouver l'élixir de Paracelse. Il avait avec lui deux voyantes : Mme Laure et Mme Thibaut.

Mme Thibaut, paysanne au regard d'aigle, au verbe villageois, et qui, depuis des années, ne mangeait que du pain trempé dans du lait, avait fait à pied les pèlerinages les plus lointains, et n'avait qu'à soulever les prunelles au-dessus de ses lunettes pour apercevoir les légions de l'invisible. Huysmans a tracé d'elle un exact portrait dans *la Cathédrale*, sous le nom de Mme Bavoil.

C'est à Lyon, dans l'été de 1891, que Huysmans vint voir l'abbé Boullan. Il visita le modeste sanctuaire où celui-ci combattait, à l'aide des sacrifices établis par Élie Vintras, ses ennemis de Paris, de Bruges et de Rome.

Revêtu de la grande robe rouge Vintrasienne que serrait à la taille une cordelière bleue, tête nue et pieds nus, il prononçait le «Sacrifice de gloire de Melchissédech» qui devait confondre ses ennemis. Huysmans qui assista à plusieurs de ces combats, déclara en avoir emporté le souvenir le plus tragique.

Les envoûteurs se vengeaient de Boullan en ne le laissant jamais tranquille. Il désignait entre autres, parmi ses ennemis acharnés, les occultistes parisiens : le marquis Stanislas de Guaita, Oswald Wirth et le Sar Péladan, fondateurs de l'Ordre kabbalistique de la Rose-Croix.

Nous croyons, pour l'intelligence de ce qui va suivre, qu'il ne sera pas complètement inutile de nous arrêter quelques instants sur la mystérieuse fraternité des Rose-Croix kabbalistes et la personnalité de ses étranges fondateurs.

Fondée en la fin du quatorzième siècle, par Chrétien Rosencreuz, la société des Rose-Croix, qui fit surtout parler d'elle au début du dix-septième siècle, en France et en Allemagne, était une confrérie alchimique, médicale, kabbalistique et gnostique.

Les Frères de la Société étaient doués de pouvoirs étendus, et leur grand secret portait principalement sur les quatre points suivants : transmutation des métaux ; art de prolonger la vie ; connaissance de ce qui se passe dans les lieux éloignés ; application de la kabbale et de la science des nombres à la découverte des choses les plus cachées.

Dans le courant du dix-neuvième siècle la société semblait devoir s'éteindre, lorsque vers 1888, elle fut rénovée sous le nom d'*Ordre kabbalistique de la Rose-Croix* par des héritiers directs de ses traditions.

En apparence (et extra) *disait la* Constitution Secrète de l'Ordre, *la Rose-Croix rénovée est une société patente et dogmatique pour la diffusion de l'occultisme.*

En réalité (et intus) *c'est une société secrète d'action pour l'exhaussement individuel et réciproque ; la défense des membres qui la composent ; la multiplication de leurs forces vives par réversibilité ;*

la Ruine des Adeptes de la Magie Noire, *et enfin la lutte pour révéler à la théologie chrétienne les magnificences ésotériques dont elle est grosse à son insu.*

La Rose-Croix était dirigée par un Suprême Conseil dont faisaient partie des littérateurs et des occultistes connus : le Sar Péladan, Stanislas de Guaita, Papus, Paul Adam, Barlet, l'abbé Alta, Polti, Albert Jounet.

Stanislas de Guaita était leur chef.

Poète, il avait débuté dans les lettres par des vers adressés du lycée de Nancy à quelques jeunes revues littéraires de Paris. Maurice Barrès, qui fut son ami intime, nous a raconté jadis leurs longues années passées ensemble à lire les parnassiens et à rêver.

Il tomba sur les livres d'Éliphas Lévy que lui indiqua, dit-on, Catulle Mendès. Ils furent pour lui une révélation.

Désormais, il abandonna les cénacles des poètes pour s'enfermer dans ce petit rez-de-chaussée de l'avenue Trudaine, à Paris, où il vivait entouré de vieux grimoires et de livres de prix, manuscrits de Kabbale et de Magie, dormant le jour, travaillant la nuit, s'aidant de morphine, de caféine et de haschich, tout entier à écrire ses *Essais de Sciences Maudites*.

Aventurier du mystère, il aima risquer sa santé et sa raison en des conflits avec l'inconnu. Les larves hantaient sa maison et Paul Adam, Laurent Tailhade et le délicat poète Édouard Dubus assistèrent, chez lui, à d'étranges séances.

A ce redoutable voisinage, le cerveau de Dubus ne résista pas : il devint dément. Guaita ne survécut guère non plus à ces apparitions insolites. Lorsque nous le vîmes, il était déjà malade. Il allait se retirer en son château d'Alteville, en Lorraine, où il devait mourir peu après.

L'abbé Boullan, qui se donnait comme un haut initié des sciences divines et du plus pur occultisme, devait fatalement rencontrer de Guaita et ses amis. Ce fut, croyons-nous, par l'intermédiaire du marquis d'Alveydre qu'ils firent connaissance vers 1885. Ils furent d'abord très liés. Comment se brouillèrent-ils ? Nous l'ignorons [Nous possédons, provenant de la Bibliothèque de l'abbé Boullan, la première édition de l'ouvrage de St. de Guaita : *Au Seuil du Mystère*, avec la dédicace :«Au docteur Jean-Baptiste Boullan,

Hommage de respectueuse et fraternelle affection en Jeschou.

Stanislas de Guaita.»

Les Occultistes de Paris, Guaita particulièrement, écrivait-il à Huysmans, sont venus ici m'arracher les secrets de la puissance. Guaita, même, s'agenouilla devant Mme Thibault et la conjura de lui donner sa bénédiction : «Je ne suis qu'un enfant qui apprend» disait-il.

Pendant plus de quinze jours nous lui fûmes une famille. A peine était-il parti, emportant le manuscrit du Sacrifice de Gloire, *le livre magique par excellence, qu'une nuit je me réveillai frappé au coeur. Mme Thibault, chez qui je courus, me dit :*

«C'est Guaita». Je m'affaissai en criant : «Je suis mort». Après quelque secours, je pus me redresser et me fis porter à l'autel qui est toute ma force ; je dis le Sacrifice de Gloire qui rompt la complicité des méchants ; je pris les saintes espèces, et, ranimé, je me recouchai et dormis. Guaita lui-même, pratiquant la reconnaissance à rebours, me fit savoir qu'il avait voulu exercer contre moi la puissance que je lui avais octroyée...].

Toujours est—il que Boullan accusait ces derniers de le vouloir tuer par des moyens occultes tels que l'envoûtement.

Il eut une fois la jambe traversée jusqu'à l'os par des effluves fluidiques. Une autre fois, l'autel manqua être renversé, il était devenu le point de contact, le lieu d'explosion des deux fluides antagonistes, celui de Boullan et celui des envoûteurs.

Huysmans racontait lui-même, qu'après la publication de *Là-Bas*, il n'avait pas échappé aux attaques des occultistes de la Rose-Croix. Plusieurs fois, disait-il, il aurait été en danger de mort, sans l'intervention de l'abbé Boullan. Un jour (il était alors chef de division au Ministère de l'intérieur), il reçut de Lyon une lettre l'informant de n'aller à son bureau sous aucun prétexte. Il suivit ce conseil, et bien lui en prit. Le jour même, une lourde glace surmontant le bureau qu'il occupait au Ministère, s'abattit sans qu'on sût pourquoi ni comment, fracassant tout et criblant le cabinet d'éclats de verre.

Il eût évidemment été tué.

De cela, Huysmans accusait nettement le marquis de Guaita.

Huysmans disait encore, parlant de Guaita et de Péladan, qu'ils avaient tout tenté contre lui, avant et surtout après son roman *Là-Bas*.

Je suis certain, affirmait-il, qu'ils ont fait tout ce qu'ils ont pu pour me nuire. Et il racontait que chaque soir, à la minute précise où il allait s'endormir, il recevait sur le crâne et sur la face des coups de poings fluidiques.—Je voudrais croire, ajoutait-il, que je suis tout bonnement en proie à de fausses sensations purement subjectives, dues à l'extrême sensibilité de mon système nerveux ; mais j'incline à penser que c'est bel et bien affaire de magie. La preuve, c'est que mon chat qui ne risque pas, lui, d'être halluciné a des secousses, à la même heure et de la même sorte que moi !

Ces fluides, Huysmans les comparait au souffle d'une machine d'électricité statique. Ils l'importunaient et l'empêchaient de dormir.

Il se rendit à Lyon, auprès de l'abbé Boullan, lequel, aidé de Mme

Thibault, accomplit le «Sacrifice de Gloire» et le libéra du maléfice.

Après la mort de Boullan, Huysmans affirmait que la sensation bizarre de chaque soir avait redoublé, et que les attaques fluidiques avaient repris de plus belle. Il dut avoir recours à Mme Thibault qui restait, disait-il, «son unique bouclier par sa sainteté hors d'atteinte» et qui le délivra définitivement.

La lutte entre Boullan et ses ennemis dura jusqu'en 1893, date de sa mort.

Il se proposait de partir pour Paris, où il devait faire des conférences sur la kabbale, à la salle des Capucines, lorsqu'une mort mystérieuse le terrassa dans la nuit du 4 janvier 1893.

A en croire les amis de l'abbé Boullan sa mort était due à des pratiques magiques : il avait été frappé par des mains invisibles et criminelles, armées de foudres occultes, de forces redoutables et inconnues.—J'étais à Lyon, disait Huysmans, lorsque parvint chez Boullan une des lettres de la Rose-Croix, signée de Guaita, condamnant à mort par les fluides celui qui vient de mourir. Mme Thibault assistait par la voyance aux coups repoussés de Lyon à Paris. Boullan, l'hostie à la main, invoquait les grands Archanges pour qu'ils pulvérisent ces *ouvriers d'iniquité* !

Il semble d'ailleurs que Boullan ait eu de funestes pressentiments, à en juger par les craintes dont il fit part dans une lettre adressée à Huysmans et qui jette sur cet événement un jour étrange. En voici quelques fragments :

Quis est Deus ?

Lyon, 2 janvier 1893.

Bien cher ami J.-K. Huysmans,

Nous avons reçu avec joie votre lettre qui nous apportait vos voeux de cette nouvelle année. Elle s'ouvre sous de tristes pressentiments, cette année fatidique, dont les chiffres 8-9-3 forment un ensemble d'annonces terribles.... ....

3 janvier.—Ma lettre en était là hier au soir, pour attendre celle de la chère Mme Thibault ; mais cette nuit un accident terrible a eu lieu. A trois heures du matin, je me suis éveillé suffoqué ; j'ai crié : «Madame Thibault, j'étouffe», deux fois. Elle a entendu, et en arrivant prés de moi, j'étais sans connaissance. De 3 heures à 3 heures 1/2 j'ai été entre la vie et la mort.

A Saint-Maximin, Mme Thibault avait rêvé de Guaita, et le matin, un oiseau de mort avait crié. Il annonçait cette attaque. M. Misme avait rêvé à cela. A 4 heures, j'ai pu reprendre mon sommeil, le danger avait disparu......... ....

Dr J.-A. Boullan.

Il devait trouver la mort même, le lendemain ! Voici son agonie relatée par Mme Thibault, elle-même, dans une lettre qu'elle adressait à Huysmans. Nous la prendrons au moment où nous a laissé Boullan.

... A quatre heures, après avoir bu une tasse de thé, il a transpiré beaucoup ; j'ai rallumé le feu ; je lui ai fait chauffer une chemise qu'il a mise, et tout est rentré dans son état normal.

Il s'est levé comme d'habitude, et il s'est mis à écrire, aussitôt le jour venu, son article pour La Lumière *que Lucie Grange lui avait demandé, puis une lettre à un ami ; il voulait porter cela à la poste lui-même, je n'ai pas voulu ; je lui ai dit qu'il faisait trop froid pour lui........ ....*

.... *L'heure du dîner est venue ;*

il s'est mis à table et a bien dîné ; il était très gai ; même il est allé rendre sa petite visite quotidienne aux dames Gay, et lorsqu'il est rentré il m'a demandé si j'allais être bientôt prête pour la prière. Nous arrivons pour prier ; quelques minutes après, il se sent mal à l'aise ; il pousse une exclamation et il dit : «Qu'est-ce que c'est ?». En disant cela, il s'affaissait sur lui-même. Nous n'avons eu que le temps, M. Misme et moi, de le soutenir et de le conduire sur son fauteuil, où il put rester pendant la prière que j'ai abrégée pour pouvoir le faire coucher plus vite.... .... La poitrine est devenue plus oppressée, la respiration plus difficile ; au milieu de toutes ces luttes, il avait une maladie de foie et de coeur. Il me disait : «Je vais mourir. Adieu.» Je lui répondais : «Mais, mon Père, vous n'allez pas mourir ; et votre livre que vous avez à faire ? Il faut bien que vous le fassiez [L'abbé Boullan s'apprêtait, paraît-il, à publier le *Zohar* en français.] *!» Il était content que je lui dise cela... il m'a demandé de* l'eau du Salut. *Après avoir bu une gorgée, il nous disait : «C'est cela qui me sauve.» Je ne m'effrayais pas trop : nous l'avions vu tant de fois aux portes de la mort et se remettre quelques heures après ! Je croyais que ce ne serait que passager. Il nous a parlé jusqu'au moment de la dernière crise... Je lui dis : «Père, comment vous trouvez-vous ?» Il me jeta son dernier regard d'adieu. Il n'a plus pu nous parler. Il est entré en une agonie qui a duré à peine deux minutes...*

Il est mort en saint et en martyr ; toute sa vie n'a été qu'épreuves et souffrances depuis seize ans et plus que je le connais.............. .... j'appréhendais un triste dénouement avec toutes *ces luttes qu'il avait soutenues pour lui et pour d'autres. Je suis étonnée qu'il soit venu jusqu'ici. Je crois qu'il avait rempli sa tâche. Sa mort m'avait été montrée depuis plus de six ans, et, au moment où j'allais prendre le train à Saint-Maximin pour partir aux Saintes-Maries, un oiseau est venu me jeter plusieurs cris. Il n'était pas jour. Il était six heures du matin. J'ai dit tout haut devant quelques personnes : «Ah ! mon Dieu ! une mort que cet oiseau m'annonce.» Et j'ai senti que c'était le pauvre Père. Je repoussais cette inspiration ; je ne m'attendais pas qu'elle allait arriver cinq jours après ma rentrée à Lyon......* ....

La mort mystérieuse de l'abbé Boullan fut l'occasion d'une vive polémique entre écrivains occultistes : Huysmans et Jules Bois d'une part, et Stanislas de Guaita de l'autre. Nous avons dit plus haut que Huysmans attribuait nettement cette mort aux pratiques magiques de Stanislas de Guaita. Jules Bois, de son côté, accusa formellement de Guaita et ses collègues de la Rose-Croix d'avoir envoûté l'abbé Boullan.

Tous les honnêtes gens ont été de mon côté quand j'ai dévoilé les agissements sataniques des Rose-Croix de Paris, disait Huysmans.

Jules Bois écrivait dans le *Gil Blas* :

«... Je crois de mon devoir de relater les faits : l'étrange pressentiment de Boullan, les visions prophétiques de Mme Thibault et de M. Misme, ces attaques, paraît-il, indiscutables, des Rose-Croix Wirth, Péladan, Guaita, contre cet homme qui est mort.

On m'a assuré que M. le marquis de Guaita vit seul et sauvage ; qu'il manie les poisons avec une grande science et la plus merveilleuse sûreté ; qu'il les volatilise et les dirige dans l'espace ; qu'il a même—M. Paul Adam, M. Dubus, M. Gary de Lacroze l'ont vu—un esprit familier enfermé chez lui dans un placard et qui en sort visible sur son ordre...

«Ce que je demande sans incriminer qui que ce soit, c'est qu'on éclaircisse les causes de cette mort. Le foie et le coeur par où Boullan fut frappé, voilà les points que les forces astrales pénètrent.

«Maintenant que des illustres savants tels que MM. Charcot, Luys et particulièrement de Rochas reconnaissent la puissance des envoûtements, dussé-je—moi qui suis un adepte de la magie—braver les fureurs homicides, je veux de nettes explications ; je les veux comme doivent les vouloir MM. Péladan, de Guaita et Wirth, afin que leur conscience soit légère [Gil Blas, du 9 janvier 1893.] !»

Le lendemain de la publication par Jules Bois, dans le *Gil Blas*, des accusations que l'on vient de lire, Huysmans les confirmait par l'intermédiaire de M. Blanchon, du *Figaro*, auquel il disait au cours d'une interview : «Il est indiscutable que de Guaita et Péladan pratiquent quotidiennement la magie noire. Ce pauvre Boullan était en lutte perpétuelle avec les esprits méchants qu'ils n'ont cessé, pendant deux ans, de lui envoyer de Paris. Rien n'est plus imprécis que ces questions de magie ; mais il est tout à fait possible que mon pauvre ami Boullan ait succombé à un envoûtement suprême.»

Le 11 Janvier, Jules Bois revint à la charge dans le *Gil Blas*.

«Je tiens à affirmer, écrivait-il, que je ne suis pas l'ennemi de M. de Guaita ; et je ne reçois pas non plus de mot d'ordre. Je n'ai eu avec le mage de l'avenue Trudaine, jusqu'ici, que les plus courtois rapports ; mais devant les présomptions importantes qui m'ont été fournies, j'ai cru de mon devoir, et tout honnête homme l'aurait fait à ma place, d'affirmer que M. de Guaita avait maintes fois, depuis plusieurs années, menacé le docteur Boullan qui vient de mourir de cette mort si mystérieuse et si subite, et qu'il y avait, dans l'esprit de Boullan, la hantise, l'obsession, la douleur persécutrice de ces menaces.

Je ne veux pas en dire plus, mais ce que je dis là, je le maintiens entièrement. Le soir de mon article, M. J.-K. Huysmans a été plus particulièrement atteint par les fluides...»

Stanislas de Guaita protesta, par une note parue dans le *Figaro*, contre ces accusations d'envoûtement.

Jules Bois répliqua, dans le *Gil Blas* du 13 janvier, en ces termes :

«M. Stanislas de Guaita prétend que les envoûtements ne sont point son fait.

«Eh bien, en voici un qui est très clairement avoué, et par lui-même, dans son propre livre *Le Serpent de la Genèse*, à la page 477. Cet envoûtement—le plus terrible parce qu'il est collectif—était dirigé depuis longtemps déjà contre l'abbé Boullan, dit le docteur Baptiste, ce vieillard à qui les douleurs et les épreuves de sa vie avaient enlevé bien des forces.

«M. de Guaita a écrit ceci :

«... Dès le retour de M. Wirth, examen fait des pièces nouvelles, les occultistes réunis en Tribunal d'honneur, prononcèrent la condamnation du docteur Baptiste à l'unanimité des voix (23 mai 1889). Elle lui fut signifiée le lendemain...»

«... Que M. de Guaita ne vienne pas nous dire que sa condamnation était une condamnation platonique... La haine inexorable qu'il avait vouée au docteur Boullan, haine dont il avait créé le réseau serré et menaçant dans le coeur de tous ses amis, à lui Guaita, cette haine inexorable se resserrait de plus en plus, comme un étau de courroux contre cette victime solitaire.

«De cette condamnation, il y a l'une de ces trois conclusions à tirer :

«1° Ou M. de Guaita a plaisanté... il n'y avait pas de quoi et je dois dire que ce n'est point son habitude... ;

«2° Ou M. de Guaita est insensé, condamnant quelqu'un en l'air, sans efficacité, sans qu'il y ait une sanction à ses paroles ;

«3° Ou M. de Guaita a écrit, en toute connaissance de cause et d'effet, une sentence dont il savait la portée et dont il pouvait diriger les funestes applications. Condamnant Boullan, il était sûr, dans ce cas, de faire exécuter cette condamnation. Et alors je laisse à mes lecteurs et à lui-même, Stanislas de Guaita, le soin de qualifier une aussi cruelle conduite...»

Cette fois, de Guaita s'émut. Aux accusations de Huysmans et de Jules Bois, il répondit, dans le *Gil Blas* du 15 janvier :

«Voici plusieurs jours que la presse colporte sur mon compte certains ragots, d'un ridicule plus infamant, en vérité, pour les malveillants ou les naïfs qui ont lancé ce canard, que pour moi-même, aux trousses duquel il s'acharne.

«Nul n'ignore plus que je me livre aux pratiques de la plus odieuse sorcellerie ; que je suis à la tête d'un Collège de Rose-Croix, fervents du Satanisme, et qui dévouent leurs loisirs à l'évocation du Noir Esprit ; que ceux qui nous gênent tombent, l'un après l'autre, victimes de nos maléfices ; que moi, personnellement, j'ai féru à distance nombre de mes ennemis, qui sont morts envoûtés, en me désignant pour leur assassin...

Ce n'est pas tout. Je manipule et dose les plus subtils poisons avec un art infernal, c'est convenu ; je les volatilise avec un bonheur particulier, en sorte d'en faire affluer, à des centaines de lieues d'éloignement, la vapeur toxique, vers les narines de ceux-là dont le visage me déplaît ; je joue les Gilles de Rais au seuil du vingtième siècle ; j'entretiens des *relations d'amitié et autres* avec le redoutable Docre, le chanoine chéri de M. Huysmans ; enfin, je tiens prisonnier en un placard un esprit familier qui en sort visible sur mon ordre !

«Est-ce assez ?—Point. Tous ces beaux renseignements ne sont qu'une préface. L'affaire où l'on en veut venir, c'est que l'ex-abbé

Boullan—ce thaumaturge lyonnais dont la mort récente a fait quelque bruit—n'a succombé qu'à mes infâmes pratiques, à mes efforts combinés avec ceux de mes noirs confrères, les Frères de la Rose-Croix.

«On va même jusqu'à laisser entendre qu'il serait expédient de pratiquer l'autopsie du défroqué, de qui certaines lettres, rendues publiques avec l'assentiment de M. J.-K. Huysmans leur destinataire, me dénoncent positivement comme le magicien provocateur de la crise cardiaque qui a ravi au monde des démoniaques son «Roi des Exorcistes».

«Car il faut bien dire que M. Boullan, dont j'ai démasqué dans mon dernier livre (avec preuves à l'appui) les oeuvres et les doctrines, souffrait dès longtemps d'une double atteinte au coeur et au foie. Cette affection suivait son cours normal, avec des hauts et des bas. Mais, à chaque nouvelle atteinte, notre pontife criait à l'envoûtement nouveau.

«M. Boullan est mort : paix à sa cendre !... J'ai dit d'ailleurs ce que j'ai cru devoir dire, touchant nos relations et les événements qui succédèrent... Cette parenthèse étant close, revenons à ce qui me concerne personnellement.

«Les allégations produites dans les journaux, ces jours derniers, seraient abominables, si elles ne respiraient la plus intense bouffonnerie.

«Me défendre de pareils cancans, allons donc ? Le bon sens public en a fait justice et je n'ai peur que d'une chose, pour les auteurs de ces naïves calomnies : c'est que, curieux d'*épater* les badauds et de divertir les sceptiques, ils n'aient fait rire beaucoup plus à leurs dépens qu'aux miens.

«J'avais d'abord l'idée de m'en tenir au silence du plus parfait dédain... Je me disais : laissons tomber ces plaisanteries d'un goût fâcheux, et que nul ne rééditera. Je me trompais. De toutes parts, en dépit même de la diversion du Panama, des feuilles quotidiennes reproduisent gravement ces pauvretés !...

«Donc, mon intention était de me taire. Mais ces sottes histoires menacent enfin de s'éterniser. La patience a des bornes et c'est décidément trop de ridicule pour une fois :

«On me demande à grands cris des explications... Les meilleures, en pareil cas, se donnent sur le pré. C'est du moins mon avis.

«Mais à qui m'en prendre ?

«A M. Huysmans d'abord : à tout seigneur, tout honneur ! A M. Huysmans, qui, dans son roman *Là-Bas*, et depuis la publication de ce livre, n'a cessé de se faire l'écho central de ces invraisemblables calomnies ;—à M. Huysmans, qui a permis qu'on publiât les folles lettres où M. Boullan me désigne comme son persécuteur ;—à M. Huysmans enfin, dont la rectification parue dans un journal du matin souligne en quelque sorte les calomnies qu'on lui prêtait à mon endroit, plutôt qu'elle ne les atténue.

«Donc à M. Huysmans tout d'abord. Puis ensuite, à M. Jules Bois, qui m'a pris à partie par trois fois dans le *Gil Blas*.

«En conséquence j'ai envoyé des témoins à ces deux derniers...»

Jules Bois riposta, toujours, dans le *Gil Blas* :

«M. Stanislas de Guaita, le chef de la Rose-Croix, répond enfin.

«Il se défend même et mal ; je dirai plus, il s'accuse encore. Il s'empêtre dans les pièges qu'il tend et le magicien noir décrit en connaissance de cause ses propres maléfices ; il se mire dans ses envoûtements...

«Mais quand il s'agit de se défendre de ce soupçon de satanisme, M. de Guaita recule et tente une diversion.

«Il change de terrain ; il sort de la discussion ; il quitte la plume et prend l'épée, dont il se croit plus sûr.

«Eh bien, je puis lui répondre hautement que si je l'ai attaqué de face, si je soutiens qu'il a poursuivi d'une haine implacable ce vieillard qui maintenant n'est plus, je serai devant lui, Stanislas de Guaita, sur le pré, avec la même audace.

«On ne «calomnie» pas, Monsieur de Guaita, quand on défend un mort et quand on protège une idée ! Vous, vous jugez, vous condamnez, vous exécutez votre sentence. Votre tribunal, s'il n'est pas horrible, n'est qu'une triste bouffonnerie, et puisque vous vous déclarez mage, je vous citerai l'exemple de vos maîtres, de nos maîtres, de Jésus, de Boudha, de Pythagore, de Platon, de Socrate, qui ne surent que mourir et pardonner.

«Et maintenant, paix à Boullan, qu'il repose désormais tranquille ; sa querelle renaît entre les vivants, et M. Stanislas de Guaita sait bien que nous ne sommes pas des hommes politiques, que contre lui nous ne commencerons pas une guerre mesquine de petits papiers...»

Le duel avec Huysmans n'eut pas lieu ; tout se borna à un échange de témoins, Huysmans ayant déclaré «qu'il n'avait jamais songé à discuter le caractère de parfait galant homme de M. de Guaita» (Procès-verbal du 14 janvier 1893). Quant à Jules Bois, il tint parole. Les deux adversaires descendirent sur le pré, à la Tour de Villebon, où ils échangèrent deux balles sans résultat [M. Paul Foucher, neveu de Victor Hugo, qui fut un des témoins de Jules Bois dans son duel avec Stanislas de Guaita, a raconté, dans une de ses chroniques du Sud-Ouest Toulouse, les incidents singuliers qui accompagnèrent cette rencontre.

Au moment de partir pour la Tour de Villebon, Jules Bois dit à

Paul Foucher : «Vous verrez qu'il arrivera quelque chose de singulier. Des deux côtés, nos partisans prient pour nous et s'adonnent à des conjurations !»].

Un événement étrange, raconte le chroniqueur, se produisit en effet sur la route de Versailles. L'un des chevaux du landau s'arrêta subitement et se mit à trembler, flageolant sur ses jambes comme s'il avait aperçu le démon en personne. Il fallut changer de cheval. Cette fois le second cheval s'abattit. Ils durent changer de voiture. Le cheval qui conduisait cette seconde voiture s'abattit comme les deux premiers ; le véhicule fut renversé et Jules Bois arriva sur le terrain tout meurtri et tout sanglant. Le diable, disait M. Paul Foucher, paraissait réellement s'en être mêlé !

Nous avons vu que l'abbé Boullan ne méritait pas cette réputation de *saint* qui lui avait été faite. Nous savons aussi qu'il se livrait, à sa manière, aux pratiques sataniques ; et Huysmans put s'en convaincre dans la suite, lorsqu'après la mort de Boullan, il prit connaissance des papiers laissés par ce dernier. De notre côté, les documents que nous avons eu entre les mains, et les faits que nous connaissons, ne nous ont laissé aucun doute à cet égard.

Aussi put-il documenter Huysmans d'une façon presque complète sur les rites secrets du Satanisme, mais en renversant parfois les rôles, et en mettant sur le compte du chanoine Docre ou des occultistes de la Rose-Croix kabbalistique, ses propres pratiques démoniaques.

C'est ainsi qu'il mit sur le compte du chanoine Docre l'action de nourrir, avec des hosties consacrées, des souris blanches dont le sang devait plus tard servir aux envoûtements de haine, alors que c'est lui-même, Boullan, qui pratiquait ce sortilège impie.

Il se livrait aux rites secrets de l'incubat et du succubat qu'il qualifiait *d'union de vie*, enfin il s'adonnait aux pratiques de la sorcellerie et de la goétie la plus noire [On peut voir dans une brochure publiée par Papus en 1893 et intitulée Peut-on envouter ? une photogravure représentant un Pacte d'envoûtement au XIXe siècle, avec ces mots d'explication : *Reproduction photographique d'un document arraché à un sorcier contemporain : l'ex-abbé Boullan.*].

Il y avait de tout dans ses pratiques : du mysticisme délirant, de l'érotomanie, de la scatologie, du sadisme et du satanisme [Consulter à ce sujet dans le Serpent de la Genèse de St. de Guaita, le chapitre consacré aux «Modernes Avatars du Sorcier».].

On conçoit qu'avec un tel informateur, Huysmans fut, en ses recherches sur le satanisme, documenté d'une manière à peu près complète.

Mais il s'en faut qu'il ait tout dit dans son livre. Nous savons qu'il possédait sur la religion à rebours des documents qu'il n'a jamais publiés. Ceux qu'il a donnés dans *Là-Bas* n'étaient, disait-il— comparés à ceux qui étaient restés en manuscrits dans sa bibliothèque —que des pistaches, des dragées, des flans à la crème, des béatilles, comme on dit en termes ecclésiastiques.

Peut-être les aurait-il un jour publiés, s'il ne s'était converti.

L'ordre surnaturel, qui ne lui était apparu que par le côté diabolique, devait se révéler à lui par le côté mystique, divin. Mais, jusqu'à la fin de sa vie, il fut hanté par le Satanisme. C'était un de ses principaux sujets de conversation.

Mme Myriam Harry a raconté, dans la *Revue de Paris* [*Revue de Paris*, 15 mai 1908.], une visite qu'elle fit à Huysmans en décembre 1902 : «La conversation ayant dévié, écrit-elle, il entama un de ses thèmes favoris, celui du Satanisme, des incubes et des succubes. Il parlait de ces êtres mystérieux avec familiarité ; il précisait comme s'il s'agissait de commensaux habituels.

—Mais, demandai-je un peu ahurie, c'est donc là des créatures humaines ?

—Non, répliqua-t-il avec tranquillité. Pas exactement. Ce sont des larves, des espèces de diablotins d'essence terrestre, mais engendrés par un péché spirituel. Aussi, pullulent-ils dans les couvents. Vous n'en avez jamais vu ? Il y en a plein cette boîte ; vous auriez pu en rencontrer dans l'escalier. Vous n'avez pas remarqué cette odeur de soutane ? Il y a beaucoup de prêtres et une oblate dans cette maison... La larve, c'est peut-être ce qu'on pourrait appeler le microbe ecclésiastique...

«Huysmans s'amusait-il à me mystifier, ou bien était-il devenu fou ? Inquiète, je regardais tantôt lui, tantôt la porte. Mais non, rien dans sa figure ne trahissait le déséquilibre, et son raisonnement était logique. Sans doute, n'étais-je pas mûre pour le royaume de l'invisible.»

Une des preuves principales de l'existence du Satanisme était pour Huysmans les vols d'hosties consacrées. Pour quiconque observe, disait-il, les vols d'hosties consacrées dans les églises de campagne, les précautions prises par les évêques, les étranges révélations venues de Suisse, de Belgique, et aussi de France, disent assez qu'il se passe des choses où la police ne peut rien voir, mais qui ont leur importance.

Et il citait à l'appui de son opinion de nombreux cas de vols d'hosties qu'il avait récolté dans les *Semaines Religieuses* de France. A quelques mois de distance, les mêmes attentats s'étaient reproduits dans la Nièvre, dans le Loiret, dans l'Yonne, dans le diocèse d'Orléans où 13 églises avaient été spoliées, dans le Rhône, à tel point que dans le diocèse de Lyon l'archevêque invitait, par un communiqué, les curés de ses paroisses à veiller particulièrement aux Saintes Espèces.

A l'étranger il en était de même, et il racontait qu'aux approches de la Semaine Sainte qui est l'époque partout attendue par les Sataniques pour commettre leurs monstrueux sacrilèges, toutes les hosties du Monastère de Notre-Dame des Sept Douleurs, à Rome, avaient disparu ; il en avait été de même à l'église paroissiale de Varèse en Ligurie et au couvent des religieuses de Santa Maria delle Grazie, à Salerne.

A quoi bon chercher si loin : à Notre-Dame de Paris, pendant la semaine de Pâques, une vieille femme tapie dans la chapelle Saint-Georges, située à droite du coeur, dans l'abside, avait profité d'un moment où la cathédrale était quasi vide pour se ruer sur le tabernacle et emporter deux ciboires contenant 50 hosties consacrées.

Cette femme avait certainement des complices, car elle devait tenir caché sous son manteau, un ciboire dans chaque main et, à moins d'en déposer un sur le sol et risquer ainsi d'être aperçue, elle ne pouvait elle-même ouvrir l'une des portes de sortie pour s'échapper de l'église.

D'autre part, il est évident que cette femme avait commis ce vol pour s'emparer des hosties, car, dans la plupart des grandes villes, les ciboires ne représentent plus maintenant une valeur suffisante pour tenter les gens, et, dans les églises de campagne, où sont parfois conservés de vieux vases d'argent ou d'or, le larron qui les dérobe, pour leur métal, prend toujours soin de se débarrasser des hosties parce qu'elles peuvent le trahir, en les essaimant le long du chemin, pendant sa fuite.

—Enfin, disait Huysmans, pourquoi des gens déroberaient-ils des hosties ? Aucune réponse n'est possible si l'on n'admet pas que les hosties sont emportées pour être employées à des oeuvres de magie noire. Que voulez-vous, par exemple, que des libres penseurs fassent d'hosties qui, pour eux, ne sont que des azymes sans valeur ? Ils n'achèteraient pas vingt-cinq centimes le lot soustrait à Notre-Dame ! Il faut donc que ceux qui les acquièrent croient réellement qu'elles sont la Chair même du Christ.

Or, dans cette condition, cette Chair ne peut être utilisée que pour des actes d'exécration, des cérémonies sacrilèges, et nous sommes bien obligés de conclure, par le seul fait qu'on La vole, à l'existence certaine du Satanisme.

Et puis, il possédait le témoignage de plusieurs prêtres qui lui avaient fait l'aveu que des jeunes filles étaient venues en confession leur raconter qu'elles avaient reçu l'offre, en échange de sommes d'argent, de se laver la bouche avec un mélange astringent qu'on se chargeait de leur fournir, avant de communier, afin de rendre l'hostie intacte.

Pour quelle oeuvre, ajoutait Huysmans, ces hosties pourraient-elles servir sinon pour des rites sataniques ?

Nous avons dit que plusieurs des documents, que possédait Huysmans, étaient restés inédits. Il avait des liasses de correspondances, authentiques et signées, entre autres : la confession d'un mauvais prêtre, au Saint-Office, écrite par lui-même. C'était un assemblage d'immondices et de sacrilèges, de sordides démences aboutissant au crime. En effet, si l'on en croit ce prêtre lui-même—Gilles de Raiz moderne—il sacrifia un enfant, qui, de plus, était de lui.

Ce prêtre sataniste se plaisait à multiplier dans les cloîtres de femmes les phénomènes de l'incubat. Devant certains troubles inexplicables des soeurs, qui se disaient visitées la nuit par des démons, plusieurs mères abbesses s'adressèrent à ce prêtre dont la réputation comme théologien et mystique leur était bien connue. Il répondait aussitôt qu'il se chargeait de l'affaire, mais à une condition : qu'on n'en dît rien aux confesseurs du couvent.

Arrivé auprès des malades, il se servait de fumigations spéciales et de pratiques sacrilèges, qui, au lieu de guérir les nonnes, perfectionnaient leur mal. Il leur enseignait les méthodes d'autohypnose et d'auto-suggestion leur permettant de rêver qu'elles avaient des rapports avec les saints, avec Jésus-Christ. Il leur indiquait des poses spéciales, des procédés occultes pour que des entités de l'au-delà, ou même son propre corps astral, à lui, réussisse mieux à les visiter, à les posséder. Dans leur exaltation mystique, ces religieuses croyaient avoir affaire à des saints ! La correspondance entre le prêtre sataniste et ces pauvres filles était déroutante par la naïveté des aveux et l'abomination des conseils. L'étrange, disait Huysmans, c'est que ce prêtre n'était pas un vulgaire érotomane, et qu'il agissait très sincèrement sur des êtres invisibles qu'il pouvait à volonté déchaîner ou restreindre.

Bien que Huysmans ait toujours soigneusement caché le nom de ce prêtre, nous pouvons dire qu'il n'était autre que l'abbé Boullan lui-même, celui qui accusait des pires manoeuvres de magie noire les occultistes de la Rose-Croix. Cette correspondance était la sienne que Huysmans avait trouvée dans ses papiers après sa mort.

Les détails de cette confession étaient si horribles, que Huysmans ne voulut pas qu'elle fût un jour, peut-être, livrée à la publicité ; et, quelque temps avant sa mort, alors qu'il souffrait déjà du terrible mal qui devait l'emporter, il la brûla.

Il fit de même des nombreux documents qu'il possédait concernant les prêtres satanistes, diseurs de messes sacrilèges, de *messes noires*, et qui auraient été, nous en sommes persuadés, du plus haut intérêt pour l'étude du satanisme contemporain.